AF476540

DEUX LETTRES

SUR LES MOYENS D'ARRÊTER

L'ESPRIT RÉVOLUTIONNAIRE,

ET SUR

L'UTILITÉ QUE LES ROIS PEUVENT RETIRER DES GENS DE LETTRES;

ADRESSÉES

A Leurs Majestés l'Empereur de Russie, le Roi de Prusse, et aux autres Souverains qui pourront y trouver quelque intérêt;

PAR

REGUMQUE POPULORUMQUE AMICUS,

Qui, pendant vingt ans, a travaillé au service des Rois et de l'humanité; qui, pendant ce temps, a publié près de trente ouvrages en faveur de leur cause; et qui y travaille encore, dans l'espérance que le Roi éternel récompensera ces travaux fidèles, que les Rois de la terre n'ont que trop négligés.

A PARIS,

DE L'IMPRIMERIE DE FAIN, PLACE DE L'ODÉON.

MARS 1821.

DEUX LETTRES

SUR LES MOYENS D'ARRÊTER

L'ESPRIT RÉVOLUTIONNAIRE,

ET SUR

L'UTILITÉ QUE LES ROIS PEUVENT RETIRER DES GENS DE LETTRES.

PREMIÈRE LETTRE.

SIRES,

En présentant à Vos Majestés mes pensées sur un objet de si grande importance, je suis bien loin de prétendre à aucune supériorité d'esprit, ou de vouloir faire croire que je connais des faits qui aient échappé à l'attention de vos Majestés et de vos ministres. Au contraire, je sais bien que vous avez des moyens d'acquérir la connaissance de mille choses que j'ignore. Mais, Sires, votre attention et celle de vos ministres sont partagées entre une infinité d'objets qui vous empêchent quelquefois de considérer les choses sous tous leurs rapports et dans toutes leurs liaisons, tandis qu'un homme d'un esprit borné peut découvrir quelquefois ce qui a échappé à vos lumières supérieures, parce que cet homme ne s'occupe que de considérer un seul objet sous tous ses rapports et dans toutes ses liaisons. Il est constant que bien des choses de la dernière importance ont échappé à la prévoyance des souverains alliés dès leur première entrée à Paris. J'ai fait mention de plusieurs de ces choses dans mon adresse *à ces personnages illustres* (1), imprimée avant la bataille de Waterloo, et j'y ai montré les conséquences qui devaient, dans la suite, résulter de cette imprévoyance. Malheureusement on a déjà eu de tristes preuves de la vérité de mes observations. Je supplie Vos Majestés de ne pas permettre que la simplicité de mes plans et la facilité de leur exécution vous portent à les rejeter. « *Parva ad magna ducunt.* » Il ne reste peut-être aucune découverte à faire, ni dans la morale, ni dans la politique (et la politique n'est en effet qu'une partie de cette morale universelle, qui règle à la fois la conduite des nations et des individus qui les composent). Mais, Sires, la connaissance d'un principe et son application sont des choses bien différentes. Il n'est rien de plus difficile que de savoir bien appliquer un remède dont la bonté nous est connue ; car, pour parvenir au but que nous nous proposons, la connaissance des temps, des lieux, des personnes et de mille autres

---

(1) *Political Reflections, addressed to the allied sovereigns on the re-entry of Napoleon Buonaparte into France and his usurpation of the throne of the Bourbons.*

choses nous est absolument nécessaire : sans cette connaissance, le remède lui-même souvent augmente le mal, au lieu de le guérir.

Je commence mes observations par diriger l'attention de Vos Majestés sur l'état singulier où se trouvent presque toutes les nations de l'Europe. Dans tous les temps il a existé des hommes mécontens du gouvernement, quelque bon qu'il fût, et prêts à le détruire, à la première occasion qui s'en présenterait. Dans tous les temps, il faut le dire, on a eu de justes causes de se plaindre. Il n'y a rien de nouveau dans tout cela. Mais autrefois on commençait par exprimer ses douleurs, bien ou mal fondées, dans un langage modéré et respectueux ; on faisait sentir son mécontentement par des écrits contre le gouvernement actuel, ou contre l'administration particulière de ses agens ; enfin, on donnait mille signes indirects qui suffisaient pour faire comprendre au monarque et à ses ministres, à quel sort ils devaient s'attendre, s'ils ne se mettaient sur leurs gardes ou s'ils ne changeaient de conduite. Maintenant tout se prépare en silence, tout se mûrit dans les ténèbres ; et au moment où l'horizon politique est sans nuage, le tonnerre éclate, et l'édifice social n'existe plus. Un officier subalterne agite son épée, un soldat de la ligne jette son chapeau en l'air, et crie, sans comprendre ce qu'il dit, *vive la constitution!* et les institutions qui avaient reçu la sanction de la sagesse pendant plusieurs siècles, et qui avaient également contribué au bonheur et à la prospérité de la nation, s'évanouissent ; et les anciens magistrats restent sans autorité. Voilà, Sires, ce qui est nouveau, ce qui jusqu'ici avait été inouï, ce qui est véritablement singulier et effroyable. L'expérience, fruit ordinaire d'une longue suite d'années, passées au milieu de grandes affaires, la prévoyance, qui résulte de l'expérience et de la connaissance des siècles précédens, le courage, la sagesse, toutes les vertus morales et intellectuelles ne sont d'aucune utilité, dans des circonstances si extraordinaires. Autrefois le monarque, même le plus mauvais, trouvait quelque ressource dans son armée, tandis qu'aujourd'hui le meilleur des souverains ne peut regarder son armée que d'un œil de soupçon, que comme un ami dont la fidélité est douteuse; et plus son armée est grande, plus il a à craindre. Ainsi la force morale et la force physique, tout manque aux rois dans cette crise terrible; et, pour comble de malheur, un souverain n'ose pas venir au secours de son allié, et peut-être de son parent, sans courir risque de se perdre lui-même.

Dans ce nouvel ordre de choses, que faut-il faire? Où les rois trouveront-ils des moyens de sûreté contre la tempête qui les menace de tous côtés? Nous tâcherons de répondre à une question si difficile, et nous croirons avoir beaucoup fait si nous pouvons donner une esquisse imparfaite des moyens les plus propres à atteindre le but tant désiré. On ne doit s'attendre à voir rien de parfait; tenter, même sans succès, une pareille entreprise, c'est avoir bien mérité des souverains légitimes. On doit se souvenir qu'il n'y a que deux espèces de pouvoir, le pouvoir moral et le pouvoir physique. Mais la force physique du roi et de son gouvernement n'est rien, quand elle est opposée à la force physique du peuple et de l'armée. Il est donc évident, que ce n'est pas par les moyens de violence qu'on peut parvenir à son but dans la crise dont il s'agit. Quant à la force morale, il y en a mille espèces, dont la plus grande partie ne se fait sentir que dans certaines circonstances de temps et de lieux; mais nous cherchons ici une influence morale, qui se fait sentir constamment dans tous les temps et dans tous les lieux, et ce ne peut être autre chose que cet amour de soi-même qui porte l'homme à chercher son bonheur. J'ai déjà remarqué que les armées, qui autrefois furent regardées comme l'appui des trônes, sont maintenant le sujet des craintes les mieux fondées; et cependant c'est dans ces armées seules que l'on peut trouver la sûreté. La discipline à laquelle elles sont assujetties leur apprend l'obéissance; et, n'ayant pas d'autre profession, elles sont plus propres que les autres classes de citoyens à aider, dans ces temps de danger, le magistrat suprême. D'ailleurs elles sont soumises à l'influence de l'esprit de corps, et d'ordinaire sont peu partagées dans leurs opinions. Il faut donc porter les soldats à se ranger du parti du gouvernement par le sentiment de l'intérêt. Mais comment cela se peut-il faire? Ce n'est pas, Sires, en augmentant leur solde, ni en établissant des Légions-d'Honneur qu'on peut espérer de parvenir au but désiré. Augmenter leur solde, ce serait encourager l'ivrognerie; établir des distinctions honoraires, ce serait leur fournir un objet de ridicule. Le temps des plumes et des rubans est passé, et ce n'est pas en les prodiguant qu'on peut leur rendre leur ancienne splendeur. Le soldat estime peut-être la vie moins que les autres classes de la société, parce que l'expérience lui en apprend la grande incertitude. Mais, en temps de paix, quand il a le loisir de penser, il ne peut s'empêcher de réfléchir aux privations auxquelles sa profession l'assujettit nécessairement, et à la misère qui l'attend dans sa vieillesse, si par hasard il y parvient. Si quelque accident le met hors d'état de ne plus servir, n'ayant alors aucun moyen de remplir ses heures vacantes, il est disposé à prêter une oreille favorable à ceux qui tâchent de le détourner de son devoir. Voilà donc l'état où les militaires se trouvent. Ils sont toujours prêts à soutenir la cause du peuple ou du gouvernement ; ils connaissent leur propre importance ; ils connaissent aussi les dangers, auxquels ils s'exposent en s'écartant de leur devoir ; ils sentent avec peine combien leur service est rigoureux. Si donc les rois pouvaient leur persuader qu'ils trouveront leur intérêt à rester fidèles à leurs engagemens, que l'intérêt du roi et de l'armée est véritablement le même : on pourra compter sur leur fidélité, quelles que soient les circonstances dans lesquelles les souverains puissent se trouver. Un célèbre auteur anglais, feu M. Burke, a dit, dans la chambre des communes, que c'était *le malheur du siècle, de raisonner sur toutes choses*. Il a fait cette remarque au commencement de la révolution française, où tout le monde raisonnait, et, à la vérité, raisonnait mal : chose fort naturelle.

A cette époque, les hommes n'avaient pas l'expérience des siècles reculés à opposer à leurs passions, et cette expérience n'était connue que du plus petit nombre. C'est pourtant cette même habitude de raisonner sur toutes choses, que les souverains paraissent craindre. Mais, bon Dieu, quelle différence n'y a-t-il pas entre le temps qui précédait la révolution française et le temps présent! Ce serait la félicité du temps actuel, que tout le monde raisonnât, si les souverains et leurs ministres savaient profiter de cette habitude et la tourner à leur avantage. Ces soldats, quoique dépourvus de la connaissance des arts et des sciences, ne sont pas pourtant des ignorans incapables de raisonner sur tout ce qui se passe. S'ils raisonnent mal, c'est qu'on a présenté à leurs esprits de fausses images; mais ils en tirent de justes conséquences : ils sont occupés du temps présent, parce qu'il n'y a point pour eux d'avenir qui puisse contre-balancer le malheur qui les accable. Mais montrez à ces hommes, qu'on a déjà pourvu à leurs intérêts futurs, et qu'un asile est préparé pour leur vieillesse, pour le temps où la mauvaise santé ou les accidens inséparables de leur profession auront mis un terme à leur carrière honorable; convainquez-les de votre sincérité, et qu'alors un de leurs officiers, avec une éloquence persuasive, leur adresse le discours suivant :

« Mes braves compagnons d'armes, je vous ai
» rassemblés ici par l'ordre du Roi, notre souverain,
» et je vous parle au nom de notre patrie commune,
» qui désire désormais vous regarder comme ses en-

» fans et confier à votre probité et à votre honneur
» la protection de ses intérêts les plus chers. La
» sollicitude paternelle avec laquelle Sa Majesté, sou-
» tenue des états du royaume, a pourvu à votre
» vieillesse et aux temps de malheur, auxquels tout
» ce qui est homme est exposé, vous est déjà connue.
» Vous pourrez donc, mes amis, vous regarder à
» l'avenir, non-seulement comme une partie, mais
» encore comme la partie la plus honorable et la plus
» importante de l'état, puisque vous êtes son appui, son
» bouclier, son rempart contre les attaques des ennemis
» étrangers, et contre des ennemis infiniment plus
» dangereux, parce qu'ils travaillent dans les ténèbres
» et minent les fondemens de l'édifice social, sous le
» masque du patriotisme. Ces ennemis, ce sont les
» prétendus réformateurs, les jacobins du siècle. Les
» voici, soldats! Ils vous tendent les bras et vous invi-
» tent à vous ranger de leur côté. Chers concitoyens,
» disent-ils, joignez vos armes aux nôtres ; nous vous
» mènerons à la gloire ; vous avez été trop long-temps
» les esclaves des tyrans, les dupes des prêtres. Venez
» goûter les doux fruits de la liberté, les charmes de
» la vraie philosophie, qui vous affranchira des pré-
» jugés de l'ancien fanatisme. Nous établirons une ré-
» publique, ce gouvernement divin, où la loi seule rè-
» gne, et où il n'y a point d'esclaves, point de rotu-
» riers, point de noblesse, point de ces distinctions
» ignominieuses, qui abrutissent les trois quarts du
» genre humain, pour en rendre l'autre quart orgueil-
» leux et vain!!! Que ce langage est beau! je sens

» qu'il m'émeut involontairement, au moment même » où je ne m'en sers que pour vous en montrer l'ab» surdité, et vous faire apercevoir l'artifice de ceux » qui cherchent, en s'en servant, à vous détourner du » chemin du devoir et du bonheur.

» Telles sont, mes amis, les paroles qui ont séduit » un si grand nombre d'hommes au commencement de » la révolution française, tel est l'instrument formi» dable, qui les a conduits à une mort prématurée. » Tous les maux, même ceux qui sont inséparables » de l'humanité, ceux qui naissent des vices, furent » attribués ou aux rois ou à leurs ministres. Le clergé » et les ordres religieux ne servaient, disait-on, qu'à » tromper le peuple et à manger son bien; la noblesse » était un corps de fainéans; l'existence du clergé et » de la noblesse était représentée comme incompati» ble avec le bonheur public. On voulait régénérer » tout, on promettait de faire disparaître toutes les ca» lamités réelles ou imaginaires, dont le peuple se » plaignait, on annonçait le retour de l'âge d'or, où, » selon les poëtes, la terre produisait ses récoltes sans » être cultivée, et où le miel coulait en abondance des » vieux chênes. Mais, hélas! mes amis, à quoi ont » abouti toutes ces belles prédictions? Plusieurs d'en» tre vous sont d'âge à pouvoir répondre à cette ques» tion, et à donner des conseils utiles à leurs compa» gnons d'armes. Considérons cette question sous trois » points de vue différens : sous le rapport de la liberté, » sous celui de la fortune, ou des biens extérieurs; » sous celui du bonheur, ou de la réunion de tous les

» objets agréables, selon la diversité des goûts et l'é» tendue des désirs humains.

» Il n'y a point de sujet, sur lequel on ait plus dis» puté que sur la liberté; il a occupé les plumes des » savans de tous les siècles. Je ne vous ferai pas per» dre votre temps, mes braves amis, en vous répétant » les opinions différentes des philosophes à ce sujet; » mais j'espère vous donner une assez juste idée de la » liberté, pour vous faire comprendre au moins ce » qu'elle n'est pas, et pour vous prémunir contre les » artifices de ceux qui cherchent à vous détourner du » chemin du devoir et du bonheur. Il est évident que » la liberté ne peut être le droit de faire tout ce qu'on » veut, le mal et le bien; car alors notre vie, notre » fortune, tout dépendrait du bon plaisir du plus fort, » et l'on ne pourrait compter sur la jouissance d'aucun » bien terrestre, pas même pour une heure. Il est éga» lement certain, que la liberté est incompatible avec » un état où l'on ne pourrait d'aucune manière dispo» ser ni de sa personne, ni de sa fortune.

» Il faut à l'homme une limite dans l'exercice de sa » liberté. Et qui posera cette limite sacrée? c'est la » loi; la loi, qui n'est pas précisément la même dans » tous les pays, mais qui, dans tous, a pour but le » le bonheur de ceux qui y sont soumis. Ce sont donc » les lois qui déterminent les limites de la liberté, » non-seulement des citoyens en général, mais de cha» que classe et de chaque ordre de la société. Vous sa» vez que les devoirs des divers ordres sont bien dif» férens, et que conséquemment les actions qui con-

» viennent à un ordre n'appartiennent à aucun des » autres. Vous voyez donc que, quoique tous les ci- » toyens jouissent également de la liberté, quelques- » uns peuvent être justement punis pour avoir fait ou » négligé de faire certaines choses, que d'autres per- » sonnes auraient pu faire ou non, sans être coupables. » Il n'existe pas un homme, quelque haut que soit » son rang, dont la liberté naturelle ne soit circon- » scrite par les devoirs de sa condition. Vous savez, » par exemple, que les armées sont nécessaires à la » défense d'un pays, et vous savez aussi que la disci- » pline la plus exacte est nécessaire au soutien des ar- » mées : ôtez les armées, et le gouvernement est dé- » truit ; ôtez la discipline, et l'armée n'existe plus. » De sorte que les travaux pénibles du soldat font par- » tie de la liberté de sa patrie, considérée comme un » état libre et indépendant, et en sont la base. Je ne » fais pas, mes amis, l'éloge des tyrans, et, pour une » fois dans ma vie, me servant du langage des jaco- » bins, je déclare que, s'il existe sur la face de la terre » des souverains attachés seulement à la gratification » de leurs passions, qui regardent leurs sujets comme » des bêtes de charge, qui les emprisonnent, leur » ôtent les biens et la vie sans qu'ils aient été trouvés » coupables d'aucun crime, je déclare que, si de tels » hommes existent, ils sont indignes du nom de rois, » et je crie : *A bas les tyrans !* Mais ces souverains ini- » ques, où se trouvent-ils ? J'ose répondre : Nulle » part, dans le siècle présent. L'histoire ancienne » nous en donne des exemples, mais en très-petit

» nombre. Les auteurs de la révolution française n'a» vaient pas assurément à se plaindre des cruautés d'un » tyran. Louis XVI était doux et modéré jusqu'à » l'excès, et son principal défaut était de tenir trop » lâches les rênes du gouvernement. Son auguste épouse » n'avait d'autre crime que d'être la sœur du chef de » l'Empire germanique. Quel fut le sort de ces deux » personnages distingués? Hélas! mes amis, il ne vous » est que trop connu; et, si je vous en donnais le dé» tail, votre sang s'arrêterait glacé dans vos veines. » Voilà les prémices de cette chère liberté tant van» tée, tant désirée!!! Mais le peuple était devenu sans » doute parfaitement libre; il n'était plus l'esclave ni » des prêtres ni de la noblesse? Oui, le peuple jouis» sait d'une liberté extraordinaire. Des hommes de » toutes les conditions et de tout âge, qui n'avaient » jamais vu une tente, ni même manié un fusil, fu» rent arrachés à leurs familles, et obligés de suivre » la profession des armes. On voyait chaque jour des » paysans, des marchands, des barbiers, des apothi» caires, des gens de robe, mêlés ensemble, et tous » volontaires, marcher au camp les mains liées der» rière le dos. Oh! le beau fruit de la liberté révolu» tionnaire! Mais ce ne fut pas tout : on vit les instru» mens de la mort, accompagnés d'une bande meur» trière, parcourir les villages et les villes, coupant » la gorge, sans distinction d'âge ni de sexe, à tous » ceux qui possédaient des biens, ou dont le cœur hu» main et sensible déplorait les tristes destinées de la » famille royale. Les vieux moyens d'infliger la mort

» demandaient trop de temps : on en inventa un plus » expéditif; mais celui-ci ne suffit pas, tant la soif de » sang fut ardente, et l'on précipita au fond des eaux » les femmes et leurs maris, les pères et leurs enfans. » Des vaisseaux chargés de ces misérables victimes se » défonçaient et les engloutissaient dans l'abîme. Ne » croyez pas, braves compagnons, que je vous pré- » sente un tableau exagéré. Non; si je voulais vous » tracer un portrait fidèle, mon esprit, accablé sous » tant d'images horribles, ne suffirait pas à les expri- » mer. Vous-mêmes désirez que je m'arrête, et que je » n'excite pas davantage votre dégoût. Cependant, » permettez-moi de vous faire encore une question. » Voulez-vous être libres de la sorte? Je vois votre » réponse écrite sur vos visages : c'est la dérision mê- » lée de l'horreur.

» Maintenant considérons l'effet immédiat de cette » révolution, par rapport à la fortune, aux biens » extérieurs. Il y a peu d'hommes qui n'aient quel- » que chose, outre leurs personnes, dont ils peuvent » disposer. Les pauvres ont leurs chaumières, leurs » maisonnettes, leurs enfans, et les marchands ne tra- » vaillent que dans l'espérance de mettre un jour à » part une portion de leur profit, afin de pourvoir à » leur subsistance dans la vieillesse, et, après leur » mort, à la subsistance de leurs familles.

» La sûreté de la jouissance des biens, le droit d'en » disposer à sa volonté, sans faire de tort à autrui, et » la modération des impôts publics, sont des choses » qui intéressent les classes inférieures de la société,

» autant que les plus hautes et les plus riches. Mais » ces amis de la liberté et de la patrie n'avaient pas » plutôt aboli les anciennes lois et les institutions sous » lesquelles l'empire avait fleuri pendant dix siècles, » qu'ils commencèrent à saisir les terres des nobles et » des riches propriétaires, les biens des corps muni- » cipaux, ceux des ordres religieux et de l'église » même. Ces ordres religieux, qui ouvraient au moins » un asile sacré à ceux des deux sexes pour qui le » monde n'avait plus de charmes, ces ordres qui nour- » rissaient les pauvres, qui instruisaient la jeunesse, » et qui distribuaient avec zèle et en abondance les se- » cours de la religion; ces ordres, dis-je, furent dé- » clarés inutiles, et même nuisibles au bien public. » Ces beaux tableaux, ces images d'or et d'argent » qui ornèrent les églises, et qui servirent au moins à » exciter la piété des fidèles, à ramener vers le Créa- » teur la pensée si sujette à s'égarer, et à rappeler aux » hommes les dévouemens héroïques de ceux qui » avaient sacrifié à la religion leurs biens et leur vie; » ces images, dis-je, furent enlevées par des mains » sacriléges, sous le beau prétexte que ces objets étaient » *les instrumens de l'ancienne superstition.* Voilà, mes » amis, une belle découverte! Quoi! le culte de vos » ancêtres, ce culte qui fut celui de l'Europe civili- » sée pendant quinze siècles, se trouve n'être qu'une » superstition! Enfin, après avoir vendu toutes les » terres de l'église, abattu les autels, et souvent les » édifices eux-mêmes, ils n'avaient qu'un pas à faire, » et ils le firent : ils déclarèrent que Dieu n'existait

» pas. Vous croyez sans doute, si vous ne savez pas
» le contraire, que les sommes immenses provenant
» de la vente des terres et des biens personnels, qui
» appartenaient aux nobles et aux riches propriétai-
» res, aux corps municipaux, aux ordres religieux et
» aux églises, furent consacrés à des services publics
» et utiles, au soulagement des pauvres, au paiement
» de la dette nationale, au maintien de ceux qui
» avaient bien mérité de la patrie; vous croyez qu'il
» n'y avait plus besoin d'impôts. Rien de tout cela,
» mes amis : à peine existe-t-il des traces de la ma-
» nière dont s'écoulèrent ces immenses richesses. On
» voit seulement quelques centaines de personnes,
» dont les noms étaient inconnus avant la révolution,
» et qui maintenant sont en possession des terres et
» des biens dont nous venons de parler, tandis que les
» anciens propriétaires de ces biens ou leurs héritiers
» mendient tous les jours dans les rues. Loin de pour-
» voir aux besoins de l'état par ce vol barbare et sacri-
» lége, ils furent obligés de doubler les impôts et d'en
» inventer de nouveaux. Ils créèrent une espèce frau-
» duleuse de papier-monnaie, appelée assignats, qu'ils
» distribuèrent à leurs partisans, qui en achetèrent
» les biens nationaux. Ce papier, n'ayant aucune va-
» leur, cessa de circuler presque immédiatement, et
» depuis long-temps on n'en parle plus. Ceux même
» qui n'avaient pas perdu leurs terres n'en étaient que
» les détenteurs incertains. Les inspecteurs des impôts
» n'avaient qu'à dire, qu'ils croyaient que telle terre
» faisait partie des biens publics, le propriétaire ne

» pouvait en tirer aucun parti, jusqu'à ce qu'on eût » statué sur le sujet. Mais la nature de la décision, et » le temps de la faire, dépendaient du bon plaisir de » ceux qui tenaient les rênes du gouvernement. Le » droit d'élever ses enfans dans sa famille, et celui de » déterminer la carrière qu'ils doivent suivre, sont des » objets non moins intéressans pour le père de famille » que la jouissance tranquille de sa fortune; mais les » parens, dès la naissance d'un fils, furent obligés » d'enregistrer leurs noms et celui de leur fils; à sept » ans, le fils fut arraché des bras de sa mère, et mis » dans une espèce d'école publique, qu'il ne quittait » que pour entrer dans les armées. Ni l'enfant, ni son » père n'avaient le choix; il fallait qu'il fût soldat, » quelque répugnance qu'il eût pour la vie militaire, » quelque inaptitude qu'il eût pour cet état, d'après » sa constitution physique, ou d'autres causes. Si » l'enfant, effrayé par l'idée qu'il s'était formée des » devoirs militaires, s'enfuyait avant d'entrer dans l'ar» mée, ses parens étaient assujettis à une grosse » amende. Vous voyez donc, messieurs, que la jouis» sance des deux espèces de biens les plus chers à » l'homme, celle de la fortune et celle des enfans, » était fort incertaine, et ne dépendait que du plaisir » du gouvernement actuel.

» Or, de la jouissance de la liberté raisonnable et » des biens extérieurs résulte l'objet de tous nos désirs » et de tous nos travaux, je veux dire le bonheur, qui » est si intimement lié avec ces deux biens, qu'on peut » dire qu'il en est le résultat. Mais, dans le nombre

» des biens extérieurs, il faut comprendre tout ce qui » a rapport au culte religieux et à l'opinion que les » étrangers forment de nous et de notre patrie. La » liberté la plus illimitée, et la fortune la plus grande » ne suffiraient point au bonheur, sans le sentiment de » religion, et l'estime de nos voisins. Quant à la re- » ligion, je vous ai montré que les apôtres de la » liberté l'avaient entièrement anéantie, au moins au- » tant qu'il dependait d'eux; car ils avaient abattu » les autels, et formellement nié l'existence du Grand » Être à qui ils étaient consacrés. Ainsi l'homme, » au milieu des vicissitudes de la vie, souffrant sous » les maladies du corps, et les douleurs encore plus » poignantes d'une conscience coupable, fut laissé, à » l'heure où la nature expire, dans l'incertitude, » sans consolation et sans espérance. L'homme cher- » che son bonheur hors de lui-même : il s'attribue » ce qui n'appartient qu'aux autres; ainsi on se rap- » pelle avec plaisir les actions louables de nos pères, » de nos parens, de notre patrie, quoique nous n'y » ayons jamais eu part : autrefois la France fut jus- » tement regardée comme tenant un haut rang dans » l'échelle de la civilisation. Les étrangers y envoyaient » leurs enfans, pour finir leur éducation et se pré- » parer à débuter avec distinction sur le théâtre » du monde. La beauté naturelle du pays, la dou- » ceur et la politesse de toutes les classes de la so- » ciété, la perfection des arts et des sciences, tout ten- » dait à inviter les étrangers à fixer leur résidence » parmi les grâces et les vertus. Les Français se cru-

» rent le premier des peuples; leur vanité était au » moins pardonnable, et les autres nations ne se don» nèrent guère la peine de leur disputer ce titre. » Mais contemplez ce paradis terrestre pendant les » temps de la révolution : que tout est changé!!! » Les grâces et les vertus s'enfuirent : les étran» gers s'éloignèrent de ses côtes, comme d'un pays » dont l'air est pestiféré : les eaux de ses rivières » furent converties en sang, et les plus doux des » hommes furent changés en bêtes farouches. On » leur défendit l'entrée des pays étrangers, où l'on » exerçait sur eux une police vigilante comme sur » des personnes suspectes. Leur nom même suffisait » à inspirer l'horreur. Que dites-vous, mes compa» gnons? désirez-vous cette liberté, cette jouissance » tranquille de vos biens et le bonheur qui en ré» sulte? Par respect pour Sa Majesté très-chrétienne, » je ne dirai pas ce que c'est que la France actuelle. » Mais, en passant, on peut remarquer qu'elle est » encore malade, languissante, dépouillée de ses » anciens honneurs. Si le philosophe étranger la vi» site, c'est pour mesurer l'étendue du mal que » ces amateurs de la liberté ont commis. Si d'autres » personnes y ont fixé pour un temps leur rési» dence, c'est que, pour le moment, le pain y coûte » moins que chez eux. Ses beaux champs existent » encore, mais le soleil de l'horizon moral, qui bril» lait autrefois d'une lumière si pure et si charmante, » s'est caché au milieu des nuées. Vous vous atten» dez, ce me semble, à entendre encore quelque

» chose de plus. Je devine ce que c'est. Je ne vous » ai pas parlé de cette gloire immortelle, le fruit de » cette révolution, qui compense bien toutes les ca» lamités que je viens de vous peindre. Vous avez » raison; suivez-moi, soldats, je ne vous cacherai » rien; passons cette rivière, nous sommes déjà en » France. Voyez-vous ces ruines, ces monçeaux de » pierres carrées, mêlées de fragmens de marbre, » dont les élémens n'ont pu encore effacer la splen» deur? C'était l'église métropolitaine, où l'archevê» que et son clergé rendaient grâces à Dieu pour les » bienfaits dont il avait comblé le royaume, ou pour » les périls qu'ils en avaient détournés. Plus loin, » à gauche, le reste d'un bel édifice se présente » à vos yeux. C'était le couvent de Saint-Jean, où » le voyageur fatigué trouvait asile, et où les pau» vres recevaient leur pain quotidien. La destruc» tion de ces beaux monumens de la piété de nos » ancêtres, fut le commencement de cette carrière » de gloire, qu'on vous invite à suivre, et la récolte » en fut si abondante, qu'il n'y a presque point de » ville, où l'on n'en voie pas encore les vestiges. » N'avez-vous pas, en marchant, fixé votre regard » sur un nombre immense de personnes des deux » sexes, qui, par leurs visages lugubres, leurs yeux » tristes et caves, et leurs habits, qui à peine les » mettaient à l'abri des rigueurs de la saison, pa» raissaient avoir connu de meilleurs jours? Ce sont » les restes des familles nobles qui ont échappé à la » hache meurtrière et à la famine, dont les terres

» sont maintenant entre les mains de ces apôtres de » la liberté, de ces prédicateurs de l'égalité et de la » justice. Vous avez remarqué sans doute, mes amis, » que dans toutes les villes, dans tous les villages, » et même presque dans toutes les maisons on por- » tait le deuil. Vous croyez peut-être que la peste » en a moissonné les habitans, et vous ne vous trom- » pez pas. Mais c'est la *peste jacobine*. C'est la suite » de cet amour de vol et de meurtre, qu'inspire » le mépris de la religion et de la morale. Ces fa- » milles auraient de quoi se consoler, si le mari, » le frère, l'enfant avaient péri, en se battant pour » la défense de leur patrie. Mais hélas ! ils déplo- » rent la mort de leurs parens, gelés au milieu des » neiges, ou noyés dans les rivières des pays loin- » tans, à peine connus dans les lieux qui leur don- » nèrent le jour. Voilà, mes compagnons, la vérita- » ble, la seule gloire dont ces hommes se vantent, et » à laquelle ils apprennent à leurs enfans à aspirer. » Quelle consolation pour la vieillesse, pour le lit de » la mort, quand l'homme, incertain de ce que doit » devenir son sort, ne trouve de soulagement que » dans le souvenir des actions justes, bienfaisantes et » vertueuses! Êtes-vous ambitieux de cette gloire? Je » vois l'horreur peinte sur tous les visages. Eh bien! » suivez-moi donc dans le chemin de la vraie gloire, » du véritable honneur. Je vous invite à prêter de » nouveau serment devant le commandant en chef, » comme le représentant du roi, et devant l'archevê- » que, comme le représentant de Dieu. Nous allons

» renoncer, en présence de Dieu et de la patrie, à » cette doctrine détestable, suivant laquelle des occa- » sions peuvent se présenter, où il est permis de faire » la guerre contre le roi pour le bonheur du peuple, » dont le roi n'est que le premier individu. C'est faire » la guerre au peuple pour le bonheur du peuple, » c'est rendre et le peuple et le roi esclaves de l'armée, » et prétendre que notre devoir nous y porte; c'est » faire la guerre contre Dieu lui-même, qui est la » source de tout devoir, l'objet à qui tout devoir abou- » tit. Nous allons jurer que, convaincus que le roi » étant le père de son peuple, le père et le peuple » ne peuvent avoir des intérêts distincts, nous » obéirons fidèlement aux ordres du roi qui nous se- » ront communiqués par les voies usitées. Nous jure- » rons, que nous n'aurons jamais part aux assemblées » privées et clandestines, où l'on dispute sur les affaires » de l'état, où l'on conspire contre l'autorité suprême, » et que, dans le cas où nous serons invités d'y pren- » dre part, nous le dénoncerons au magistrat. »

Si l'on adressait un tel discours à l'armée assemblée en présence des autorités publiques, et avec les formalités propres à frapper l'imagination, et à faire une impression profonde sur les cœurs, il n'est point douteux que les meilleurs effets en résulteraient. Chaque soldat, au moment de prendre ce serment, devrait recevoir un certificat attestant son âge, son régiment, l'endroit où il est né, et le jour où il fut enregistré dans le nombre des enfans du roi et de la patrie; et après cela, le certificat devrait contenir le serment qu'il vient de prendre. Peut-être serait-il utile de donner permission de quitter le régiment, à ceux qui ne voudraient prêter serment. Le nombre de ceux qui voudraient profiter de cette permission serait très-petit. Ainsi, dans l'armée même, maintenant l'objet de crainte et d'inquiétude, il faut chercher le seul remède du mal qui menace tous les gouvernemens de l'Europe.

Mais quel est ce remède, ce motif puissant qui détourne l'homme du crime et l'incline vers la vertu? Quel qu'il soit, il faut qu'il croie y pouvoir trouver son bonheur. C'est à quoi tendent toutes les actions de l'homme. Ce n'est pas donc l'air empoisonné d'un hôpital qu'il faut lui proposer, comme l'unique récompense des travaux pénibles de sa jeunesse, ce n'est pas la guérison des plaies honorables imprimées sur son corps, ce n'est pas non plus un morceau de ruban rouge ou vert attaché à la boutonnière de son habit.

« *Non tali auxilio nec defensoribus istis*
» *Tempus eget.* »

Des promesses de petites pensions, souvent mal payées, seraient également inefficaces. Il faut, dans les circonstances actuelles, quelque chose de plus solide, quelque chose qui soit capable de donner à l'homme cette indépendance, qui est si chère à tous les ordres de la société.

Enfin, Sires, ce que je propose, c'est que les états du royaume, avec l'approbation et la sanction du souverain, destinent une certaine quantité de terrain public, non cultivé, aux soldats, après tant d'années de service, ou dans le cas qu'ils seront mis par le service même hors d'état de suivre leur profession. La quantité que chacun doit posséder sera réglée par la bonté du sol, par l'étendue des terres appartenant au gouvernement, et par d'autres considérations. Chaque soldat, étant devenu propriétaire, recevra l'argent nécessaire pour cultiver sa petite ferme, qu'il sera tenu de repayer dans un temps fixé. Si les terres n'ont jamais été défrichées, et si la discipline de l'armée le permet, le nouveau propriétaire pourrait obtenir l'assistance d'un certain nombre de ses camarades, en abattant les arbres et en faisant d'autres choses préliminaires. Le département où la ferme est située, fournira au propriétaire les frais qu'on jugera nécessaires. Le propriétaire doit tenir sa ferme pendant sa vie, de même que si elle lui était descendue de son père. Il a cessé d'être soldat, et n'est assujetti qu'à l'autorité civile. Sa ferme devrait être exempte de certains impôts; et le propriétaire, en raison de cette concession, pourrait être tenu d'apprendre l'exercice militaire à un certain nombre de jeunes paysans, pendant la guerre, ce qu'il pourrait faire sans que leur travail journalier en souffrît.

La Germanie et la Russie sont bien propres à l'exécution d'un tel projet. Elles abondent en forêts et en montagnes qui n'ont jamais été défrichées; et l'avantage de les cultiver serait immense pour l'état. Depuis quelques années on s'est plaint, malgré la guerre, d'une trop grande population. Or, la culture de ces terres, par les vieux soldats, pourrait être arrangée, de sorte qu'on pourrait ou augmenter ou diminuer la population, selon que le bien public exigerait ou l'un ou l'autre. Mais, Sires, je m'oublie ; j'oublie que je m'adresse aux généraux les plus distingués de leur siècle, et que je m'expose aux reproches que fit Annibal à ce pédant qui voulait lui apprendre l'art militaire. Je n'ai entrepris que de présenter à Vos Majestés une esquisse imparfaite de ce grand projet ; et si ce que j'ai dit, sur un objet si important, pouvait suggérer une seule idée utile, j'aurai le bonheur en cette occasion, comme je l'ai eu en plusieurs autres, d'avoir bien mérité de Vos Majestés et de mon siècle. Si ce projet a mérité votre approbation, je prendrai la liberté de vous présenter mes pensées sur un autre, qui est intimement lié avec celui-ci, quoiqu'il paraisse en être séparé.

SECONDE LETTRE.

On est partout d'accord, sans distinction de partis ou de religions, que, pendant les quarante dernières années, les désirs, les opinions et les prétentions de toutes les classes de la société ont subi un grand et étonnant changement, par rapport à la politique. Il paraît également certain à tout homme de probité et de bon sens, que ce changement n'a été pour le mieux. Cela est si certain, qu'avant de voir disparaître les traces des maux auxquels ce changement a donné naissance, peut-être faut-il attendre plus de siècles qu'il ne s'en est écoulé depuis le commencement du temps. De plus, presque tous les partis politiques et religieux sont d'accord qu'il faut attribuer et l'origine, et le progrès de ce changement, aux écrits de Voltaire, de d'Alembert, de Rousseau, et d'autres hommes de lettres qui, en contemplant l'homme, soit sous un faux, soit sous un vrai point de vue, et en exprimant d'une manière énergique leurs contemplations, ont produit une force morale qui a déjà réduit en cendres un des plus beaux royaumes de l'Europe, et qui menace le reste de ruine. Voilà donc un fait important dont tous les partis, les rois et les peuples sont d'accord; savoir : qu'il s'est opéré un changement total dans l'esprit public, et que ce sont les hommes savans, les écrivains politiques et moraux qui l'ont produit. Sires, permettez-moi de fixer l'attention de Vos Majestés sur ces vérités reconnues de tout le monde. Les conséquences qui en résultent sont si évidentes, que je pourrais m'arrêter ici ; car je suis persuadé que déjà Vos Majestés les préviennent, et qu'elles s'aperçoivent, de plus, que les conclusions qui dérivent de ces vérités comme de leur source naturelle, tendent à favoriser mes intérêts personnels et privés. Je l'admets ; mais, Sires, est-ce là une raison pour cacher à Vos Majestés et au public des raisonnemens qui leur puissent être utiles? Non, car l'intérêt privé et individuel bien compris, loin d'être incompatible avec l'intérêt général et public, n'est que le même. Le poëte anglais l'a dit :

For true self love and social are the same.

POPE.

M'abandonnant donc à la franchise qui caractérise ma patrie, je prendrai, à la fin de cette adresse, la liberté de soumettre, avec la plus grande humilité, à la considération de Vos Majestés, les services que je crois avoir rendus aux rois et à l'humanité. Pardonnez, Sires, cette digression.

Comment est-il arrivé que les souverains qui reconnaissaient jadis le pouvoir de ces hommes qui peuvent faire trembler les trônes les mieux affermis, n'ont pas tâché de les attirer à leur parti en leur prodiguant les honneurs et les richesses de l'état? C'est une question intéressante et dign de l'attention des rois, mais une question dont la solution n'est pas difficile. D'abord, il n'est que trop certain que, dans tous les temps et dans tous les pays, on a laissé périr les gens de lettres et de mérite dans l'obscurité et dans la disette, et que, si l'on trouve dans l'histoire quelques exceptions, cela ne provient pas d'une conviction de leur utilité et de l'influence qu'ils pouvaient avoir sur l'esprit public, mais de la vanité des princes qui désiraient passer pour amis de la littérature. La vanité (Sires, veuillez pardonner aux écrivains) les porte à se regarder comme tenant un plus haut rang dans l'échelle de l'excellence morale et intellectuelle que les souverains eux-mêmes. Les rois peuvent-ils s'attendre que de tels hommes se verront négligés et méprisés sans se venger avec leurs propres armes? Non, cela n'est pas dans la nature humaine. « *In rerum naturâ non est.* » Voilà, Sires, la véritable cause du mal; voilà pourquoi ces alliés formidables s'attachent rarement à votre parti, et pourquoi vous êtes obligés de les traiter comme ennemis publics, quand vous auriez pu les compter parmi vos amis les plus fidèles et les plus utiles. Quelle différence entre de pareils amis et la *canaille* (1) qui, trop souvent, environne les trônes, et entraîne ses maîtres et soi-même dans la ruine!!! Mais que penseriez-vous, Sires, d'un roi qui, sachant que l'armée était son unique ressource, et que quelques généraux pourraient disposer de cette armée à leur gré, prendrait tous les moyens possibles d'aliéner l'esprit

---

(1) *Vide* Charron, sur la Sagesse, *T. III*, *cap. X.*

de ces généraux, au lieu de les attacher à ses intérêts par des actes de bonté et d'amitié? Assurément vous ne donneriez pas le titre de sage à ce roi. C'est un portrait fidèle des souverains qui laissent dans l'indigence les gens de lettres, qui peuvent tant influer sur l'esprit du peuple. Cette inattention pour les savans écrivains a été commune à presque tous les rois, dans tous les siècles. Examinons maintenant la cause de cette conduite, contraire à leurs propres intérêts. Nous la trouverons dans la nature de l'homme et dans l'éducation que reçoivent les princes destinés à régner. Nous la trouverons dans la disposition de l'homme à croire que les choses continueront toujours telles qu'on les voit, surtout les choses qui paraissent avoir acquis une espèce de stabilité et de permanence, parce qu'elles sont restées pendant quelque temps dans leur état actuel, qu'on ne voit pas la base sur laquelle elles reposent, et que les causes qui, à chaque moment, la minent, ne sont pas perceptibles par l'œil vulgaire. Même les changemens journaliers qu'opèrent les maladies, les vices, les vertus et la mort, sont à peine remarqués avec attention, à moins que nous ne nous y trouvions intéressés; et, quant aux bouleversemens des empires, on n'y pense jamais, l'idée même en paraît ridicule. Or, si ce manque de prévoyance est naturel aux hommes, il caractérise les princes souverains. Dès leur tendre enfance, accoutumés à voir tout plier sous leur volonté, ils ne connaissent guère d'autre règle d'action. Non-seulement les individus y obéissent, les armées les plus nombreuses s'y assujettissent sans dire mot. Le souverain dit : *Allez;* ils disparaissent, et vont sacrifier leurs vies dans les régions glacées du nord, ou au milieu des sables brûlans du midi. Il change de plan, il dit : *Revenez*, et ils reviennent sur leurs pas. Qu'il est difficile de faire comprendre à de tels hommes que leur pouvoir est aussi fragile que les vitres de leur palais ; que le moindre accident suffit pour détruire dans un instant l'ouvrage des siècles ; que des vieillards, avec leur plume, peuvent donner à leur gouvernement plus de stabilité que toutes les armées du monde ; qu'ils peuvent rendre les souverains respectables aux yeux de leurs peuples, pendant leur vie, et transmettre avec éclat leurs noms à la postérité la plus reculée !!! Mais pourquoi, dis-je, est-il difficile de faire connaître ces vérités importantes aux rois ? Je dois plutôt demander qui désirerait les leur faire connaître. Si une rébellion formidable éclate au milieu de l'empire, les ministres se hâtent d'en informer le roi, parce qu'elle pourrait avoir des suites funestes, et pour eux, et pour leur maître ; que les dix-neuf vingtièmes de la population du royaume soient mécontens, que les peuples soient victimes de lois bonnes et sages dans leur origine, mais devenues oppressives par le changement des circonstances et des temps, ou qu'ils soient réduits au désespoir et à la mendicité par des impôts graves et durement exigés, on n'en dira pas un mot au roi. Sires, les souverains ont des ministres pour les relations extérieures, des ministres pour les relations intérieures, et des ministres pour des relations qui n'existent pas ; mais il leur manque encore un ministre, qui leur serait plus utile que tout le reste, et dont les fonctions devraient être de s'informer de toutes les imperfections et de tous les défauts, et d'en faire rapport au roi leur maître à des temps fixes. On pourrait appeler ce ministre, le ministre de la vérité. Mais, Sires, rendez les gens de lettres vos amis, et ils récompenseront bien votre libéralité par les services qu'ils vous rendront. Vous n'aurez plus à tant craindre l'instabilité des gouvernemens, qui est plus grande que vous ne pensez. Aristote, en écrivant son livre sur la politique, avait consulté plus de huit cents constitutions civiles, dont peut-être vingt n'existaient pas de son temps, et dont maintenant même les noms n'existent plus. Xénophon commence son charmant roman politique par dire, qu'il avait souvent pensé au grand nombre de gouvernemens qui avaient péri par le mécontentement du peuple.

Il y a une classe de la société qui a beaucoup de rapport avec les écrivains politiques, et qui est de la plus haute importance pour les princes souverains : cette classe est ordinairement mal à son aise et peu estimée, en comparaison de son pouvoir et de son mérite. Je veux dire le clergé de la religion dominante et des sectes tolérées. Ils ne sont pas tous des hommes de lettres, il s'en faut beaucoup; mais il n'y en a pas un, quelque ignorant qu'il soit, qui ne puisse influer sur l'esprit d'un grand nombre de ses compatriotes. Ce ne sont pas gens à mépriser. Malheur au gouvernement dont le clergé et les gens de lettres sont également les ennemis; car dans leurs mains se trouve tout le pouvoir moral de l'empire, auquel tôt ou tard toute force physique doit céder. Voilà donc une cause qui écarte les souverains des hommes, qui, par leurs connaissances, leur vertu et leur influence sur l'esprit du peuple, peuvent rendre un grand service au roi et à la patrie. Si je ne me trompe pas, S. M. le Roi de Prusse a commandé à tous ses ambassadeurs auprès des cours étrangères de lui faire venir tous les paquets et toutes les lettres qu'ils pourraient recevoir de Sa Majesté, et de les lui faire venir sans les décacheter. C'est une source de connaissances, dont je suis bien persuadé que Sa Majesté retire souvent un grand avantage. Quels motifs d'autres princes peuvent-ils avoir pour ne pas adopter une mesure dont l'utilité est si évidente; je ne le conçois pas, mais je conçois facilement mille raisons qui peuvent porter un mauvais ministre à persuader à son maître de ne pas laisser tout le monde approcher de son oreille. J'ai été surtout étonné que S. M. I. Alexandre, qui a fait connaître aux habitans de l'Europe méridionale les beaux fruits mûris sous les glaces du Nord, et qui, dans toutes ses démarches, a mieux aimé montrer l'homme que de déployer la splendeur royale; j'ai été étonné, dis-je, qu'il n'ait pas imposé à ses ministres et à ses agens diplomatiques, l'obligation d'ouvrir une correspondance entre les pays étrangers et lui-même. Je ne raconterai pas les ouï-dire, mais ce qui m'est arrivé. Buonaparte n'avait pas plutôt quitté le rivage d'Elbe pour exciter de nouveau la guerre dans la France déjà désolée, que j'écrivis un petit ouvrage (1). Dans cette brochure j'ai mis dans leur vrai jour les erreurs dans lesquelles les souverains alliés étaient tombés à leur première entrée en France ; la cause de ces erreurs, et les conséquences qu'elles avaient produites et qu'elles devaient produire dans la suite, à moins qu'on ne profitât de l'occasion que cette nouvelle agression présentait pour y remédier. Si l'on avait suivi les mesures recommandées dans ce petit ouvrage, la France n'aurait pas été toujours dans un état d'agitation qui, probablement, ne finira pas sans plonger de nouveau l'Europe dans une guerre funeste ; et les exemples dangereux que l'Espagne et Naples viennent de donner n'auraient jamais eu lieu. Cet ouvrage fut imprimé un mois avant la bataille de Waterloo, et deux exemplaires au moins furent expédiés à chaque ambassadeur résidant à la cour de Londres. Presque tous les ministres m'écrivirent qu'ils avaient envoyé à leurs cours respectives ceux qui leur avaient été destinés. L'ambassadeur français m'assura qu'il me préviendrait aussitôt qu'il recevrait les nouvelles de l'arrivée de mon paquet ; et *M. le duc de Feltre, le seul ministre de Sa Majesté très-chrétienne dans ce temps critique, m'écrivit de Gand, par ordre du roi, que j'avais acquis tout droit à la reconnaissance de tous les membres de toute la cour française.* Mais M. le comte de Lieven, ambassadeur de S. M. l'empereur

(1) *Political Reflections, addressed to the allied sovereigns on the re-entry of Napoleon Buonaparte into France, and his usurpation of the throne of the Bourbons.*

de Russie, m'écrivit une lettre dans les termes les plus polis, m'informant qu'il n'avait pu faire parvenir jusqu'à l'empereur mon ouvrage, dont il connaissait la nature, parce que je lui en avais envoyé un exemplaire. Dans l'an 1817, étant à Liége, je fis imprimer une brochure intitulée : *Adresse à l'équité et à la libéralité de LL. MM. II. les empereurs de Russie et d'Autriche, LL. MM. les rois de Prusse, des Pays-Bas, et de France, et à S. A. R. le prince régent d'Angleterre.*

S. A. R. le duc de Kent résidait dans ce temps à Bruxelles, et je n'entreprenais jamais rien sans le consulter. Je lui en envoyai un exemplaire avant que de tâcher de faire parvenir aux personnages illustres ceux qui leur furent destinés. Cela était d'autant plus convenable, que Son Altesse Royale avait eu part aux événemens dont il est question, et en pouvait garantir la vérité; et c'est là ce personnage distingué, si souvent désigné sans être nommé. Le duc me conseilla d'envoyer les exemplaires à leur destination, et dit que, quelque peu de succès que je pusse trouver auprès des autres souverains, il ne doutait point que je ne trouvasse un succès brillant auprès de S. M. l'empereur de Russie. J'en envoyai deux exemplaires à chacun des ambassadeurs à Bruxelles; et, quelques jours après, passant par cette ville, je me rendis auprès de Leurs Excellences. L'ambassadeur de Prusse me reçut avec bonté, et me dit qu'il avait lu mon petit ouvrage avec plaisir et avec intérêt; qu'il était digne de l'attention du roi, et qu'il en avait déjà expédié un exemplaire à son maître. Flatté de cet accueil, j'allai chez M. l'ambassadeur de Russie. Il me dit qu'il ne voulait pas expédier le paquet adressé à l'empereur, *parce que*, disait-il, *je suis ici seulement pour les affaires russes.* L'ambassadeur autrichien fit à peu près de même. Je crois que Leurs Excellences ont suivi les ordres qu'on leur avait donnés, et que ces ordres avaient pour but un bien apparent. J'ose pourtant me flatter que, si jamais cette lettre tombe entre les mains de S. M. l'empereur de Russie, il donnera ordre à ses ministres de suivre l'exemple de Sa Majesté Prussienne. Car, quel pouvoir plus dangereux peut-on donner aux ministres des rois, que celui de décider de ce que les rois doivent lire, voir et entendre? Est-ce connaître la nature humaine que de donner un tel pouvoir aux ministres du trône? On peut ajouter à ce que j'ai dit sur ce sujet important, la remarque du célèbre philosophe et historien David Hume, que le monde n'a pas encore existé assez long-temps pour fournir un système parfait de gouvernement; que la véritable histoire n'a commencé qu'il y a environ trois mille ans; et (ce qui est de plus grande conséquence) que l'art d'imprimer n'a été inventé que vers le commencement du quinzième siècle; de sorte que notre expérience de l'art de gouverner est très-bornée, et qu'avant la découverte de l'art d'imprimer, l'expérience d'un siècle fut souvent perdue dans le siècle suivant.

Quand on a la conscience d'avoir fait de son mieux pour le bonheur de son roi et du public, quand on a reçu le témoignage du public, que ses travaux ont produit un grand et heureux succès, on peut sans honte en réclamer une récompense honnête, sans s'exposer au reproche d'être guidé ou par l'amour-propre, ou par un attachement sordide à ses intérêts. Prêtez-moi donc, Sires, une oreille favorable; jugez-moi avec équité, et récompensez-moi selon mes services. C'est ainsi que vous favoriserez la prospérité de vos peuples, et transmettrez vos noms avec honneur à une postérité juste et reconnaissante. « *Servite igitur iis* » *etiam judicibus, qui multis post seculis de* vobis *ju-* » *dicabunt, et quidem haud scio, an incorruptius* » *quam nos; nam et sine amore, et sine cupiditate,* » *et rursus sine odio, et sine invidiâ judicabunt.* »

Vers le commencement de l'année 1800, tout allait mal, et tout parut perdu pour jamais. M. Pitt avait abandonné les rênes du gouvernement par désespoir; l'ennemi commun triomphait partout; et le roi ne sachant où trouver un ministre capable de diriger les affaires de l'état, dans une telle crise, fit M. Henry Addington son premier ministre. Rien n'était si difficile que de trouver les moyens de mettre les finances dans un état de satisfaire aux frais énormes de la guerre. J'avais fait, quelques années auparavant, des finances l'objet de mes recherches, et quand M. Addington fut nommé premier ministre je lui fis l'offre de mes services dans une lettre dont la réponse existe encore. Je lui transmis quelques plans d'impôts, et lui dis franchement que s'il donnait *une attention convenable* à mes communications, je continuerais de lui en faire de temps en temps. Mon offre fut acceptée aussitôt, et avec une reconnaissance apparente. M. Addington fit répondre à cette lettre par son frère Hiley Addington, son secrétaire, qui était aussi un des ministres, et promit tout ce que j'avais demandé. Je consacrais tout le temps que me laissait cette étude sèche et pénible à écrire et à publier des brochures dont l'objet fut d'animer mes compatriotes et le gouvernement à persévérer dans la bonne cause, dont je prédis le triomphe. Je reçus des lettres de remercîment de presque tous les évêques d'Angleterre, des princes du sang, des ministres des rois dans les pays étrangers, des généraux d'armée, enfin des rois eux-mêmes. Depuis l'an 1800, je fis imprimer et distribuer à mes propres frais, environ trente brochures, et je reçus environ deux cents lettres de remercîmens. Quelques-unes de ces lettres déclarèrent que j'avais bien mérité de ma patrie, et que j'étais digne d'en recevoir les récompenses les plus distinguées, que les ministres du roi pourraient me donner; d'autres dirent que j'avais bien mérité de tous les rois et de tous les pays. Sa Majesté le le roi de Prusse daigna m'écrire de sa propre main que j'avais contribué au triomphe de la bonne cause, et qu'il ne doutait pas que ma patrie ne reconnût, et ne récompensât mes services. Tout homme de probité et de bon sens qui n'est pas versé dans la politique et dans le langage des cours, croira, après avoir lu ce que je viens de raconter, que je suis comblé d'honneurs et de richesses, parce qu'il sait que je les ai mérités, et ne comprendra pas quelle raison les souverains peuvent avoir pour ne pas les accorder. Voilà donc les récompenses que j'ai reçues pour vingt ans de travaux utiles passés au service des rois et du public, et pour y avoir sacrifié une partie considérable de ma petite fortune. Après trois ans, M. Henry Addington, maintenant lord Sidmouth, résigna sa charge de premier ministre, en me remerciant de mon zèle et de mes travaux. Je le priai de me recommander au roi, comme ayant bien mérité de la patrie, et je lui rappelai sa promesse de faire *une attention convenable* à mes services. Il me fit repondre par son frère que ces promesses n'étaient autre chose que le langage de la politesse, et me fit dire par le duc de Kent que je m'étais trompé en disant que j'avais eu une correspondance avec lui pendant trois ans, puisqu'il ne m'avait jamais écrit de sa vie. Il paraît que les réponses aux paquets adressés au très-honorable Henry Addington, chancelier de l'échiquier, etc. etc., furent écrites par son frère Hiley Addington, et par M. Newton Barton, secrétaire privé du chancelier de l'échiquier. Je m'adressai alors à Sa Majesté le roi de Prusse, et je serai toujours reconnaissant de sa bonté. J'ai déjà dit qu'elle m'avait honoré d'une lettre de sa propre main, par laquelle elle reconnaissait pleinement mes services et mon droit à une récompense. Elle m'envoya en même temps une très-belle médaille d'or; et son chancelier monseigneur le prince d'Hardenberg m'écrivit au même temps une lettre, non moins flatteuse que celle du roi. Mais Sa Majesté me pardonnera, si je lui fais observer que quelqu'agréable que soient de pareilles récompenses, elles ne fournissent pas de quoi satisfaire aux besoins de la vieillesse. Après la bataille de Waterloo, Sa Majesté très-chrétienne étant rétablie encore une fois sur le trône de ses ancêtres, j'adressai une lettre à M. le duc de Feltre, le priant de rappeler au roi mes longs et fidèles services, et sa propre déclaration *que j'avais acquis tout droit à la reconnaissance de tout les membres de la cour française.* Mais les temps changèrent, la bataille fut gagnée; Son Excellence me recommanda à M. le comte de Pradel, maître de la maison du roi; M. le comte me dit, pour toute réponse, qu'il n'avait reçu aucun ordre du roi sur ce sujet; et dernièrement M. le duc de Richelieu me rendit le même service que le feu duc de Feltre m'avait rendu, c'est-à-dire, il s'empressa d'envoyer ma lettre à M. le comte de Pradel. Sires, si c'est un injuste exposé de la politique des cours, je n'envie pas aux ministres des rois leurs priviléges. J'ai cultivé toute ma vie la sincérité, la franchise, la vérité; et l'indépendance d'esprit que donne l'exercice de ces affections vaut bien l'hommage trompeur et les petits avantages de fortune que reçoivent les ministres des rois pendant la jouissance précaire de leurs charges. Encore quelques mois, et je descendrai au tombeau où l'argent n'a plus d'éclat, où Crœsus et Irus sont égaux.

C'est probablement le dernier ouvrage que je présenterai au public pendant ma vie, et je dirai adieu au monde, en rendant une acte de justice à deux personnages illustres, dont l'un jouit déjà des récompenses de ses vertus, et l'autre est arrivé si près de l'*ultima linea rerum* qu'il est déjà plus occupé de la vue qui s'ouvre à ses yeux que du souveuir du passé.

Dans l'automne de l'année 1799, je m'engageai à desservir une église dans Sussex, diocèse de Chichester. Le révérend John Buckner, D. D. l'évêque de ce diocèse, avait loué une maison dans mon voisinage, pendant qu'on fit des réparations au palais épiscopal ce qui me donna une occasion de lui rendre mon hommage. Il me reçut d'une manière très-gracieuse, et je lui trouvai une dignité naturelle qui commande le respect, joint à une bonté et une franchise qui inspirent l'amour. Il m'attacha à lui, dès le premier moment, et m'inspira tant de confiance, que je commençai immédiatement à le consulter sur mes affaires privées; et depuis ce temps, je n'ai pas entrepris la moindre chose sans le consulter. Pendant vingt années qui se sont écoulées depuis que j'ai fait sa connaissance, un mois s'est rarement passé sans que j'aie reçu de lui une lettre et quelquefois plusieurs dans le même mois, car je lui écrivais très-souvent, et il ne tarda jamais de répondre à mes lettres. Il reconnut les services que j'avais rendus à l'église et à ma patrie; et n'ayant pas les moyens de me donner une digne récompense, il me recommanda fréquemment au premier ministre, tantôt en lui présentant en personne mes mémoires, tantôt en lui écrivant en ma faveur. Il m'a prêté des sommes considérables dans des temps critiques, quand le manque d'argent aurait pu m'exposer à la ruine; et dernièrement, avec l'approbation de mes amis, selon l'exemple de M. Fox, et d'autres personnes distinguées, sa seigneurie me fit un don considérable. Malheureusement je serai bientôt privé du seul ami qui me reste, à moins qu'une providence indulgente ne m'épargne cette douleur en me rappelant en sa présence. L'évêque a près de quatre-vingt dix ans, et aurait, il y a long-temps, succombé à une mauvaise santé, si l'énergie extraordinaire de son esprit ne l'avait pas soutenu contre les attaques de la maladie. Mais, quelque soit le temps fixé par l'arbitre de nos jours pour son départ, ce ne pourrait être pour lui qu'un changement de domicile; il portera avec lui le souvenir d'une longue vie passée dans la carrière de l'honneur et de la vertu, un cœur attendri et accoutumé à l'exercice habituel des plus douces affections de la nature humaine. Il ne peut sentir aucun regret pour le passé, aucune crainte pour l'avenir. Accoutumé à trouver sa félicité dans le sentier du devoir, le monde présent et le monde futur, tous les deux lui sont égaux. Si l'on pense que je manque de délicatesse en faisant l'éloge d'une personne encore en vie, je réponds que je l'ai fait dans la persuasion que je ne le reverrai jamais, que c'est la dernière occasion que je m'attende à pouvoir rendre hommage à ses vertus distinguées, et que c'est probablement le dernier ouvrage que je présenterai au public.

Si, en faisant l'éloge de l'évêque de Chichester pendant sa vie, j'ai paru manquer de délicatesse, je ne saurais tomber dans la même inconvenance en parlant de son Altesse Royale le feu duc de Kent. Une si grande mesure de vertu n'était plus compatible avec l'humanité; le rideau est tombé, qui doit à jamais les dérober aux yeux des mortels. Il y a eu peut-être peu de personnes d'un rang si distingué dont le vrai caractère fût si mal connu pendant leur vie, et il faudra encore quelques années pour qu'il se développe parfaitement. Des personnages illustres qui vivent encore se trouvent tellement mêlés à plusieurs circonstances de sa vie, qu'il serait difficile de faire pleine justice à ses vertus, sans compromettre leur caractère. Mais, malgré la plume des calomniateurs, et malgré l'opprobre dont la main du pouvoir tâchait de le couvrir, la splendeur de ses vertus perçait de jour en jour la nuée qui les avait pour un temps dérobées aux yeux du public, et le sénat (chose rare) leur rendit témoignage, et, en agissant ainsi, rendit témoignage à sa propre vertu.

Les défauts de sa jeunesse furent bien compensés par ses vertus dans l'âge mur, dont l'éclat concilia l'affection du public, et même de ceux dont l'inimitié dénaturée blessait profondément la sensibilité de son cœur. L'opinion favorable que son Altesse Royale avait conçue de mes écrits me procura son amitié, dont je n'ai jamais cessé de jouir jusqu'à la dernière heure de son existence, et il dicta à son secrétaire une lettre pour moi, deux jours avant son décès. Il était peut-être plus facile de gagner son amitié que de la perdre, car il n'abandonna jamais ceux auxquels il s'était attaché. Il tenait une correspondance épistolaire avec un nombre infini de personnes. C'était dans cette correspondance qu'il se livrait à la franchise et à la sincérité de son cœur; et, s'il y parlait librement de ses parens, dont il croyait avoir raison de se plaindre, il s'exprimait toujours avec tendresse et avec affection. Semblable à César, il ne refusa jamais à ses amis, *quod dono dignum esset* (ce qui leur parut digne d'acceptation); et cette aimable facilité de mœurs le porta fréquemment à demander des faveurs au gouvernement et aux grands. Il connaissait la mauvaise foi dont les gens-comme-il-faut, pour me servir de leur phrase, ne sont que trop souvent coupables, et il désirait tant de convaincre tout le monde de sa sincérité, qu'il envoyait aux personnes, en faveur desquelles il avait sollicité une grâce, la réponse qu'il venait de recevoir aux lettres écrites en leur faveur. Il haïssait le langage orgueilleux de ceux qui répondent à leurs amis : « Je ne veux pas compromettre ma dignité, en m'exposant à un refus ; je ne demanderai une grâce à qui que ce soit, ni pour qui que ce soit. » (C'est le langage ordinaire de la véritable bassesse.) Il haïssait ces évasions et ces subterfuges si indignes d'un honnête homme. « Je regrette mon incapacité à vous servir, mais toute récommandation m'est interdite ; moi et telle personne, nous

» ne sommes pas amis, » et mille excuses semblables. Je fis remarquer un jour à Son Altesse Royale, la grande différence qu'il y avait, à cet égard, entre lui et la plupart de ceux qui étaient de son rang : « Si votre » attachement pour moi, me répondit-il, ne vous » trompe pas, je dois cette différence aux malheurs » qui m'ont environné depuis ma jeunesse. » Il aima la profession militaire, et me dit : « Ma situation doit » vous paraître avoir bien des charmes ; mais je vous » assure que je préférerais vivre avec l'armée, sous le » soleil le plus ardent, à tous les plaisirs de la cour. » On lui reprocha d'avoir poussé l'amour de la discipline trop loin : « Mais, dit-il, quelques restrictions que » j'impose aux autres, je m'en impose de plus grandes » à moi-même, » et je suis bien disposé à le croire. Son Altesse Royale fut modérée en toutes choses : elle buvait très-peu de vin, elle se levait à cinq heures du matin l'été et l'hiver, et se couchait rarement plus tard qu'onze heures. Elle jetait, à des temps fixés, un coup d'œil sur tous les détails de son établissement, et écrivait de sa propre main ou dictait toutes les lettres écrites en son nom. Il est difficile de concevoir comment les affaires d'un homme si régulier et si exact pouvaient être dérangées, et l'on n'en saurait donner d'autre raison que le grand nombre de bienfaits que Son Altesse Royale répandait de la manière la plus délicate. Je n'entre presque dans aucune ville, même dans le pays étranger, que je ne trouve quelqu'un qui ne lui ait des obligations, ou qui ne connaisse ceux à qui elle a rendu des services. Le duc avait beaucoup voyagé, et avait passé l'Océan Atlantique sept fois. Il ne fut pas le favori de la fortune, et plusieurs fois il perdit tout son bagage. Tantôt le vaisseau qui le contenait coulait au fond de la mer, tantôt il était pris par l'ennemi, tantôt la glace se cassait en passant les lacs de Canada; et Son Altesse Royale ne reçut du gouvernement aucun dédommagement pour ces pertes considérables, qui contribuèrent à déranger sa fortune. Dans la politique, Son Altesse Royale était amie de la liberté; mais elle vota presque toujours avec les ministres, parce qu'elle croyait que le droit de donner son suffrage était donné aux fils du roi, afin qu'ils pussent aider la couronne, et elle pensait qu'en soutenant les ministres elle soutenait son père, qui les avait nommés. Mais, quelque doux et aimable que fût le duc, il n'oublia jamais son rang. Il connaissait trop bien la nature humaine pour croire qu'il pût se rendre respectable et se concilier les affections du public en se dépouillant de cet éclat imposant et cette splendeur extérieure dont la constitution l'a environné, et que la faiblesse de l'homme rend si nécessaire. L'historien des siècles à venir qui écrira l'histoire de Georges III, en rendant justice à tous les membres de son auguste famille, signalera le duc de Kent comme ressemblant le plus à son père et comme l'ornement de sa patrie.

FIN.

www.ingramcontent.com/pod-product-compliance
Ingram Content Group UK Ltd.
Pitfield, Milton Keynes, MK11 3LW, UK
UKHW020218200726
13856UKWH00004B/1472

9 782012 472303